村上T

僕の愛したTシャツたち

村上春樹

マガジンハウス

村　上　T

僕の愛したTシャツたち

つい集まってしまうものたち

　ものを集めるということにそれほど興味があるわけではないのだけれど、いろんなものがついつい「集まってしまう」というのが、僕の人生のひとつのモチーフであるみたいだ。聴きされないほどの量のLPレコードやら、この先読み返すこともたぶんないであろう本やら、雑誌の雑ぱくな切り抜きやら、鉛筆削りに入らないくらい短くなった鉛筆やら、とにかくいろんなものが僕のまわりでひしひしと増えていく。「つい亀をたすけてしまう浦島太郎」みたいなもので、こんなことしてちゃしょうがないよなと思いつつ、ある種の情に駆られるがまま、なんとなくモノを手元にため込んでしまうことになる。ちびった鉛筆なんて、何百本集めたところでとくに役に立つわけじゃないんだけどね。

Tシャツもそういう「自然にたまっていくもの」のひとつで、値段も安いものだから、面白そうなものが目につくとつい買い込んでしまうし、いろんなところからノヴェルティーものをいただいたりするし、マラソン・レースに出ると完走Tシャツがもらえるし、旅行に行くと着替え代わりにご当地シャツを買うことになるし……とか、なんのかんので知らないうちに数が増えていって、抽斗《ひきだし》に入りきらなくなり、段ボール箱に詰めて積み上げて、みたいなことになってしまう。けっして「よし、これからTシャツをコレクションしよう」とある日意を決して蒐集を始めたわけではない。

しかしこうしてある程度長く生きていると、それで一冊の本までできてしまうのだから、恐ろしいものだ。「継続は力なり」とよく言われるけど、ほんとにその通りだ。なんだか自分が、継続性のみを頼りに生きているような気さえしてくるくらいだ。

T
1

雑誌『カーサ ブルータス』の音楽特集でうちのレコード・コレクションについてインタビューされて、そのときに「そういえば、Tシャツのコレクションみたいなこともやってるんですよ」とぽろりと口にしたら、編集者に「村上さん、それでひとつ連載をやりませんか?」と持ちかけられて、言われるがままに雑誌『ポパイ』で1年半ばかりTシャツねたで連載することになった。それがこのように一冊の本にまとめられたわけだ。とくに貴重なTシャツみたいなのがあるわけでもなく、芸術性がどうこうというのでもなく、ただ僕が個人的に気に入っている古いTシャツを広げて写真を撮って、それについて短い文章をつける——というだけのもので、こんな本が誰かの何かのお役に立つとも思えないのだが(ましてや日本が直面している現今の諸問題を解決する一助になるとも思えないのだが)、20世紀後半から21世紀前半にかけて、一人の小説家がこういう簡易な衣服を日常的に身にまとって、まずまず気楽に生活を送っていたということを示す、後世のためのひとつの風俗資料としての意味はあるかもしれない。ぜんぜんないかもしれない。まあ、僕としてはどっちでもいいんだけど、このささやかなコレクションをそれなりに楽しんでいただければと思います。

　このコレクションの中で、僕がいちばん大事にしているものは何か？　それはやはり「TONY TAKITANI」Tシャツだと思う。僕はマウイ島の田舎町のスリフト・ショップでこのTシャツを見つけ、たしか1ドルくらいで買った。そして「トニー滝谷とはいったいどんな人なのだろう？」と考え、勝手に想像力を巡らせ、彼を主人公にした短編小説を書いて、それは映画にまでなった。たった1ドルですよ！　僕が人生においておこなったあらゆる投資の中で、それは間違いなく最良のものだったと言えるだろう。

村上春樹

目次

夏はサーフィン

もうずいぶん昔…というか1980年代の話だけど、恥ずかしながら何年かサーフィンをやっておりました。藤沢市の鵠沼《くげぬま》に住んでいたとき、近所の知り合いにサーフィン・クレイジーの人がいて（あの辺にはずいぶんたくさんいる）、彼に勧誘されて始めた。鵠沼海岸ではロングボードに乗っていたんだけど、ハワイに行ったときには、レンタルでディック・ブリュワーのショートボードを借りて、毎日シェラトンの沖合に出て穏やかに、そして遠慮がちに波に乗っていた。だいたい朝のうち海にいて、お昼になると部屋に戻って、冷や麦をつくって食べた。ほとんど仕事も

Coca-Cola

せず、1ヶ月くらいぶらぶらそんなことをしていたんだけど、ああいう生活は楽しかったな。その夏、ラジオからはポール・マッカートニーとマイケル・ジャクソンの「セイ、セイ、セイ」がよく流れていた。

何年かあとで、カウアイ島のノースショアで家探しをしたことがあって、そのときいろんな物件を案内してくれた肉付きの良いおじさんが、リチャード・ブリュワーという人だった。それで「じゃあ、有名なサーフボードのシェイパーと同じ名前だね」と言ったら（ディックはリチャードの愛称）、「いや、何を隠そう、実はおれがそのディック・ブリュワーなんだよ」といかにも恥ずかしそうな声で打ち明けてくれた。

え？　なんでまた、そのディック・ブリュワーがカウアイの田舎で不動産屋をやってるわけ、と尋ねたら、更に小さな声で「ほんとはさ、こんなことやりたくないんだけど、女房にね、いい年をしていつまでもサーフィンみたいなことしてたって、うだつが上がらないんだから、これからはしっかり不動産の仕事をやりな

15

夏はサーフィン

T

3

T

4

さいって言われてね、しょうがないからやってるんだよ」
なかなか気の毒な話だ。天気がよくて、波が気持ちよく立っている日には、やはり胸が高鳴って、不動産の仕事どころではなくなるそうだ。こっそり一人で浜辺に行って波を眺めている。まあそうだよね。その気持ちは僕にもよくわかる。また同時に、奥さんを恐れる気持ちもわりにわかる。二人でビールを飲んで慰めあったことを記憶している。なかなか良い人だった。結局、家は買わなかったけど。

インターネットで調べてみるとディックさんは、「'60年代にはビッグウェイブのライダーとしても知られ、ワイメア・ベイやサンセット・ビーチで当時のトップ・サーファーと肩を並べて波乗りを楽しんだ」とある。そうか、きっと明るく楽しい青春だったのだろうな。今はどうしているのだろう？

写真の3枚のTシャツはサーフィン絡み。赤いのは、ビーサンの夏、コカ・コーラの夏、いいですね。白いシャツは、'60年代サーフィン・ミュージックのレコードジャケットを並べたもの。懐

T

5

かしいなあ。「スシ・ブルーズ」は昔カウアイ島ノースショア、ハナレイの町にあったユニークな鮨屋。ブルーズのライブを聴きながら、スシを食べることができた。まだあるのかな？　かつてのハナレイは超レイドバックした、なにしろ素敵な町でした。一日浜辺に寝っ転がって、波やら雲やらをぼんやり眺めていてもぜんぜん飽きなかった。夕陽もいつもゴージャスだった。ウクレレを持った人々がビーチに集まって、唄を歌いながら夕陽を見ていた。今はもう変わってしまったかな？

グレッグ・ノルは有名なロングボード・シェイパーです。このシャツ、デザインが好きでよく着ている。

ハンバーガーとケチャップ

旅行でアメリカに行く。税関を抜け、空港を出て、街なかに落ち着くとまず、「何はともあれ、どこかに行ってハンバーガーを食べなくてはな」という気持ちになる。あなたはどうだろう？少なくとも僕の場合、そういう気持ちになる。それはごく当たり前の自然本能のようでもあり、またある意味では形式的な儀礼のようでもある。どちらでもいい。とにかくハンバーガーを食べに行く。

理想的なのは、午後の1時半くらいに、ランチの客がようやくひいたハンバーガー・ショップに入り、一人でカウンターに腰を

I PUT
KETCHUP
ON MY
KETCHUP

MADE IN U.S.A.
McILHENNY CO.
AVERY ISLAND
LA.
TABASCO
BRAND
PEPPER SAUCE

T

7

据え、クアーズライトの生と、チーズバーガーを注文することだ。焼き加減はミディアム、バーガーとチーズの他には、たまねぎとトマトとレタスとピックルス。付け合わせは揚げたてのフライドポテト。心の友としてやはり、コールスローも頼むことになるだろう。それから大事な伴侶、マスタード（ディジョン）とハインツ・ケチャップ。

きりっと冷えたクアーズライトを心静かに飲み、まわりの人々のざわめきや、皿やグラスのふれあう音を聞きながら、そして異国の空気を注意深く吸い込みながら、チーズバーガーの皿が運ばれてくるのを待つ。そういう一連の過程を通過しているあいだに、「ああ、そうだな、またアメリカに来たんだ…」という実感がようやく湧いてくる。

目を閉じて、そういう情景を頭に思い浮かべただけで、口の中に健全な唾液が満ちてきませんか。

最近は日本でも本格的なハンバーガーを食べさせる店がずいぶん増えてきて、これはもちろんとても慶賀すべきことではあるんだけど、アメリカの街角で何気なく、ふと当たり前に食べるハンバーガーって、うまいとかうまくないとかを超えて、何か格別の味わいがありますよね。

メインのTシャツのメッセージは文字通り、「ぼくはなにしろケチャップにまでケチャップをかけちゃうんだ」という意味です。よほどケチャップが好きなんだね。何にでも片端からケチャップをかけてしまう（一部の）アメリカ人を茶化しているわけだけど、そのTシャツをつくって配っているのが、ケチャップの製造元であるハインツであるところが興味深い。自嘲ネタと言っていいのかもしれないけど、でもそこには「ソフィスティケーションなんか知ったことか！　おれさまの好きなように生きるんだ！」というアメリカン・スピリットの、前向きで無反省な明るさを感じないわけにはいかない。

このTシャツを着て街を歩いていると、よくアメリカ人から声をかけられる。「いいねえ、そのTシャツ」と。声をかけてく

25

ハンバーガーとケチャップ

T

8

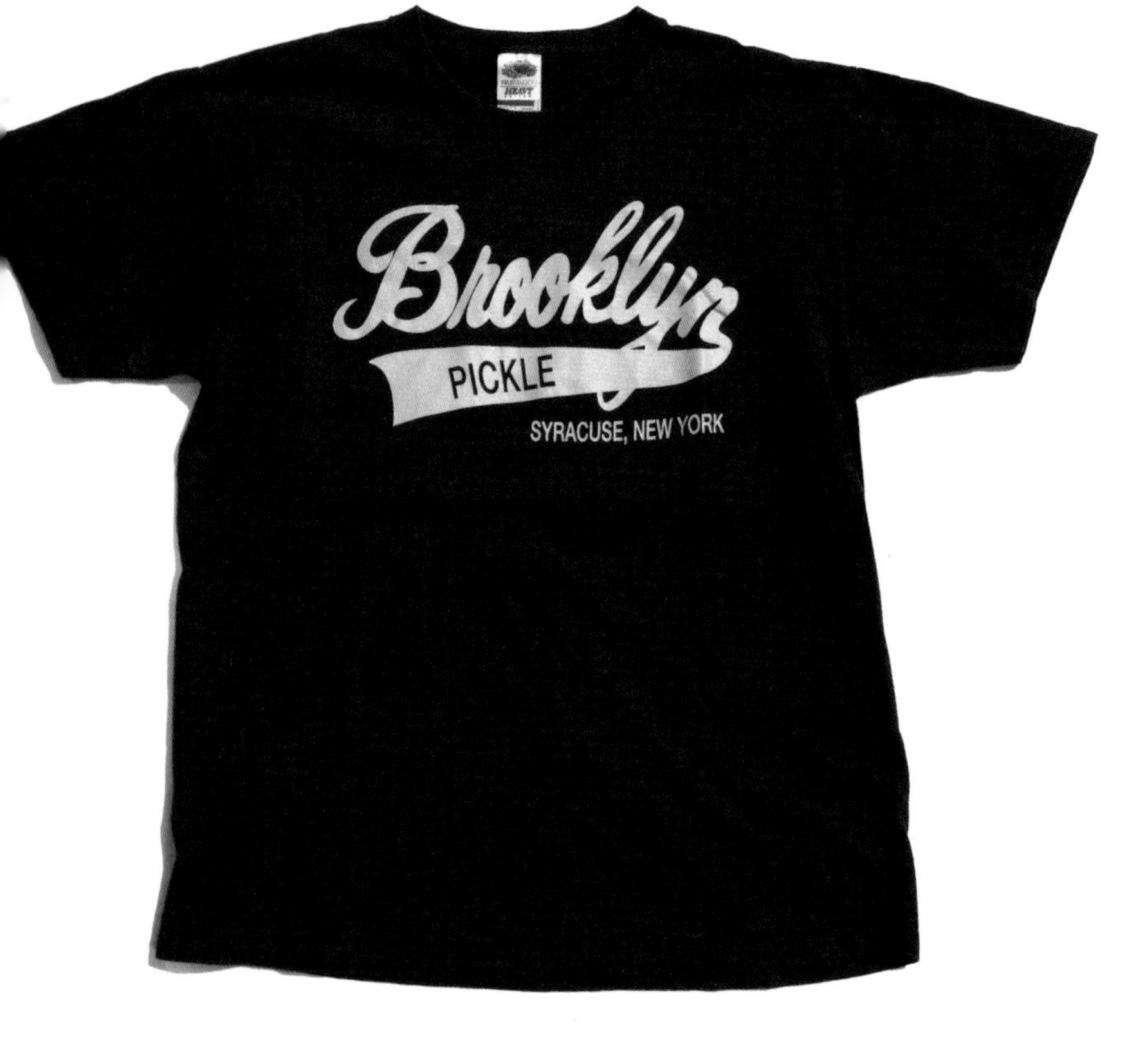

T

9

るのはだいたい、いかにもケチャップが好きそうな善男善女、その多くはメタボ系の市民たちだ。「あんたと一緒にしてくれるなよな」と言いたいときもたまにあるけど、だいたいの場合「うん、いいよね、ははは」とこちらも明るく挨拶をかえす。そういうTシャツ・コミュニケーションが街をささやかに活性化する。こういうのは、ヨーロッパなんかではまず起こらないことだ。だいたいヨーロッパの人は、ケチャップなんてほとんど使わないものね。

ハンバーガーといえば、ケチャップとタバスコ・ソースとピックルスが定番だけど、ブルックリン・ピックルって、これはピックルス屋さんのTシャツなのかな？　場所はなぜかシラキューズだけど。詳しいことは不明です。

JAMESON
IRISH WHISKEY
HIGHLAND QUEEN
PRESIDENT
STRONGBOW
GUINNESS
Underberg
Dimple
LAPHROAIG
ISLAY SINGLE MALT SCOTCH WHISKY
BOWMORE
12
CAOL ILA
Red Label
SIGNATORY VINTAGE
LAGAVULIN
TEANINICH

ウィスキー

ウィスキーは好きですか？　実を言うと、僕はかなり好きです。毎日、日常的に飲むというほどではないけど、しかるべきシチュエーションが巡ってくれば、好んでグラスを傾ける。

とくに夜も更けて、ひとりでゆっくり音楽に耳を傾けているようなときには、飲むお酒としてウィスキーがもっとも相応しいように思う。ビールでは水っぽいし、ワインでは上品すぎるし、マティーニでは気取りすぎているし、ブランデーではいささか収まりすぎだしな…となると、これはもうウィスキーの瓶が持ち出されるしかないでしょう。

T

11

back

31

ウィスキー

T

11

front

僕はおおむね早寝早起きのパターンで暮らしているけれど、たまに遅くまで起きている夜があり、そういうときにはだいたいウィスキーのグラスを傾けることにしている。そして聴き慣れた古いレコードをターン・テーブルに載せる。なんといってもジャズがいいですね。ここではCDよりは昔ながらのビニール・レコードの方が、やはり雰囲気にあっている。

そういう場合の、僕の好きなウィスキーの飲み方はなんといっても「トゥワイス・アップ」だ。バーなんかでおいしそうな氷があれば、オン・ザ・ロックで飲むこともあるけど、うちではだいたいのところこの「トゥワイス・アップ」で飲んでいる。作り方は簡単で、ウィスキーをグラスに注ぎ（正式には脚つきのグラスが好ましい）、同量の水（常温）をそこに加える。くるりとグラスを回して馴染ませる――それだけ。なにより簡単だ。

僕はスコットランドのアイラ島に行ったときに、地元の人から「これがいちばんおいしいウィスキーの飲み方だよ」と教わって、それ以来おおむねそういう飲み方をするようになった。あまり偉

ウィスキー

T

12

そうに能書きみたいなことは垂れたくないんだけど、この飲み方だと、たしかにウィスキーの生来の風味が損なわれることなく味わえます。とくにアイラ島現地の水には独特の香ばしさがあって、それがアイラのシングル・モルトにうまくマッチしている。同じウィスキーでも、日本でミネラル・ウォーターで割って飲むのとは、味わいが少しばかり違っているような気がする。「土地の力」というか、そのへんはいかんともしがたいですよね。

あえて言うまでもないことだけど、ウィスキーが上等であればあるほど、そしてその風味がしっかり立っていればいるほど、この「トゥワイス・アップ」というシンプルな飲み方が適していることになる。だって、まさかボウモアの25年ものを、ハイボールにしてくいくい飲んだりしてませんよね？　もちろん何をどんな飲み方で飲もうが、すべて個人の自由ではあるんだけど（そして僕も神宮球場に行けば、神宮ハイボールを愛好しておりますが）。

アイラ島の隣にあるジュラという小さな島にも滞在したことが

ある。この島にもシングル・モルトの有名な蒸留所があって、そこで飲む水もおいしかった。アイラとはまたひとつ違う味わいの水だ。その水で割ったジュラのウィスキーも、独特の味わいがあった。蒸留所のロッジに泊めてもらい、毎日好きなだけウィスキーを飲んで、土地の料理を食べて…そういう数日を送れただけでも、こうして今まで生きてきた甲斐はあったかもなと思う。

うちにはウィスキー会社の作っているTシャツがけっこうあるんだけど、朝からウィスキーのTシャツを着て歩きまわるのもちょっとなあ…。ひょっとして傍目にはアル中のおっさんみたいに見えるかもしれない。というわけで今回の写真にあるTシャツは、残念ながらそんな頻繁には着用しておりません。

気を落ち着けて、ムラカミを読もう

　日本ではあまりそういうことはやらないけど、外国では本が出版されると、その販売促進のためにTシャツやらトートバッグやら帽子やらが作られることがけっこうある。各地の出版社から、「こんなものを作りましたよ」と送られてきて、その手のものがけっこうたくさん溜まってしまう。段ボール箱いっぱいぶんくらいはあるんじゃないかな。

　それはまあいいんだけど、そういうTシャツを着て街を歩けるかというと、当然ながらそんなことはできない。だって「HarukiMurakami」とでかでかと書かれたTシャツを、村上春樹さ

KEEP
CALM
AND
READ
MURAKAMI

DANCE
DANCE
DANCE

んが着て、白昼堂々青山通りを歩くわけにはいかないでしょう？あるいはそんなトートバッグを持って、中古レコードを買いに行くわけにもいかないでしょう？　だからそういったTシャツや販促物は、ただ段ボール箱に畳んで仕舞い込まれ、クローゼットの中ですやすやと眠っている。せっかく作ってもらったのに袖も通されず、もったいないですね。１００年くらい経ったら、「当時の珍しい資料」みたいなことであるいは珍重されるのかもしれないけど…。

「Keep calm」Tシャツは数年前にスペインの出版社が作ったものです。「気を落ち着けて、ムラカミを読もう」、いいですね。なかなかかっこいいコピーだ。「Keep calm and carry on」（平静を保ち、普段の生活を続けよう）というのはもともとは、第二次大戦がいよいよ始まろうかというときに英国の情報省が、人心を落ち着け、パニックの発生を防ぐために作ったポスターの文句で、それが最近になって見直され、なぜか広い人気を呼び、方々で使い回されるようになった。リーマン・ショックの際には、金融機関がこのポスターを大量に発注した（実際には当然ながら、ほとんど効果を発揮しなかったけど）。

僕のこのTシャツもその「使い回された」うちのひとつです。猫の姿がとても可愛いけれど、これもさすがに本人は着られない。でもまあそれはそれとして、世の中が何かとざわざわ落ち着かないときに、腰を据えて読書にいそしむというのはなかなか良いものです。どうかしっかりいそしんでください。

『ダンス・ダンス・ダンス』のTシャツは1990年代の初めにこの本がアメリカで出版されたときに作られた。佐々木マキさんの表紙の絵が使われている。これがたぶん僕にとっての最初の販促Tシャツだったと思う。今となっては懐かしい記念品です。これももちろん着たことはないけど。

『ノルウェイの森』のTシャツは英国の出版社が作った。日本でこの本が上下巻になっているのが「クールだ」ということで、2000年にわざわざ赤と緑の2巻本（箱入り）を特別に作り、

41

気を落ち着けて、ムラカミを読もう

T

15

16

それに合わせてプロモーション用の2色Tシャツも作った。すごく頑張ってくれたことは認めるし、感謝もしているけど、これもとてもじゃないけど本人は着られないです。というか、本人じゃなくたって、こんなのをペア・ルックで着たりしたら、目立ちすぎて困っちゃうだろう。

最後のはTOKYO FMが、僕のディスク・ジョッキー番組のプロモーションのために作ったTシャツです。フジモトマサルさんの描いてくれた素敵な絵を使わせてもらったんだけど、フジモトさんは病を得て、若くして亡くなってしまった。独特の画風を持つ才能のある人だったのに、とても残念です。ラジオ番組…ときどきやってますので、もし暇があったら聴いてください（宣伝）。

村上RADIO
この番組は、村上春樹史上初、
自らがディレクターとなりテーマに合わせて選曲し、語ります！
©フジモトマサル
TOKYO FM
JFN
DNP

レコード屋は楽しい

なにしろレコードというものが好きで、物心ついた頃から小遣いをはたいてレコードを買い漁っていた。ほしいレコードがあれば昼飯を抜いて、そのお金を貯めて買った。で、それから半世紀以上を経た今日でも、同じように熱心にレコードを買い漁っている。中古レコード屋で、ぱたぱたとレコードを探して1時間くらい暇を潰しているのが無上の喜びだ。買ってきたレコードをじっと眺めたり、匂いを嗅いでいるだけで幸福な気持ちになれる。

これまで世界中、いたるところのレコード屋に足を運んだ。僕は主にジャズ・レコードをコレクションしているのだけれど、ジ

GLENN GOULD
THE COMPLETE BACH COLLECTION
VINYL
JUNKIE
TOM WAITS

ャズにめぼしいものがなければ、クラシックやらロックのコーナーも漁るので、どんどんレコードの量が増えてしまうことになる。困ったものだけど、まあアディクション（中毒）というか、病気みたいなものなので、仕方ない。それに他の病気とかアディクションに比べたら、さして害のあるものでもないし…（言い訳）。

世界中あちこち回って、中古レコード屋的に見ればどの都市がいちばん魅力的か？　1番はやはりニューヨークですね。ここはお店の数も多いし、内容も充実している。値段もこなれている（高いところはやたら高いけど）。2番目はストックホルム。北欧には——とくにスウェーデンには——熱心なジャズ・ファンが多く、またレコードを大事にする風土らしく、けっこう面白いものが見つかる。僕はこの街に1週間くらい滞在して、その間ずっとレコードを探しまくったけど、ぜんぜん飽きなかった。同じ店に3日通ったら（すごく品揃えが充実した店で全部しっかり見るのに3日かかった）、親父に顔を覚えられて、「もっと珍しいものを見たいか？」と訊かれ、「見たい」と言ったら奥の部屋に通され、秘

47

レコード屋は楽しい

T

19

T

20

密のレコード棚を見せてもらった。普通の客には見せない棚だ。そりゃまあ、珍しいものがいろいろとありました。あれは極楽だったな。

3番目はコペンハーゲン。ストックホルムよりはスケールが一段落ちるけど、ここにも興味深い中古屋が多い。郊外に足を伸ばさなくてはならないので、自転車を借りて回ることになる。4番目はボストン。僕はここに3年くらい住んでいたので、周辺の中古レコード屋事情にはかなり詳しい。12軒くらいのレコード店を週に一度のローテーションを組んで回っていた。車を運転して回るのだが、都会なので、駐車場を見つけるのがむずかしい問題になってくる。レコード探しに夢中になって、時間が経つのも忘れ、よく違反切符を切られた。20ドルの小切手を書いては、ボストン市警察あてに送ったものだ。

パリやロンドンやベルリンやローマといった街の中古レコード店では、それほど興奮させられたことはない。ずいぶんあちこち探し回ったのだが、めぼしいものはほとんど見つからなかった。

T

21

どうしてだろう？

この間メルボルンに行ってきた。以前シドニーに1ヶ月ほど滞在し、中古レコード屋を探したのだが、あまり収穫がなくてがっかりしたことがある。だからほとんど期待しないで行ったんだけど、メルボルン、中古レコード屋的に見れば、ずいぶんわくわくするところだったです。大学の近くに行くと、面白そうな古本屋やレコード屋が軒を並べていて、ぶらぶらと歩いて回っているだけで楽しかった。中古レコード屋さんが出している親切なレコード店マップがあり、簡単に乗れる市街電車があるので、回るのは楽だった。レコード・マニアのみなさんにはお勧めの場所です。ワインもおいしいし。

それから意外に面白いのがホノルルで、専門の中古店は少ないけれど、『グッドウィル』みたいなスリフト・ショップであっと驚く珍しいモノに巡り会えることがあります。それも1枚1ドルで。たとえば…と話が続くのだけど、長くなるのでまた今度。

PLANET RECORDS
Harvard Square

動物はかわいいけどむずかしい

一般的に言って、動物の図柄のTシャツを着ていると、「わあ、かわいい」と女子関係に言われる可能性はかなり高いように思える。それはそれでもちろんいいんだけど、なんだかまるで「わあ、かわいい」と女の人たちに言われたくて、それでそのシャツを着ているような、居心地の悪さをふと感じてしまうことがある。そういう意味で、動物柄はなかなかむずかしいものだ。大阪のおばちゃん↓ヒョウ柄、というのとはまた別の意味合いで…。だから正直言って、僕がこれらの動物柄シャツを実際に着ることはあまりない。

T

23

でもこうして単体として見ていると、やはりかわいいですね。

パンクのニッパーくんのTシャツは、マサチューセッツ州ケンブリッジにあった小さな中古レコード屋『プラネット』のオリジナルTシャツ。この店はハーヴァード大学の正門近くにあった。店頭でなかなか素敵なTシャツを売っていたが、本業のレコードに関して言えば、それほどの収穫はなかったと記憶している。それよりはその近くに『タマリンド・ベイ』という洒落たインド料理店があって、こちらの方がずっと魅力的だったな…とここで言い出しても、まあしょうがないんだけど。

昔、アメリカの映画館で『マッドマックス2』を観たとき、前の席にパンクの髪型の人が座っていて、よく画面が見えなかった。とくにパンクの人に偏見はないけど、映画館ではあれ、ちょっと困るんだよね。

この狐柄のTシャツはホノルルのスリフト・ショップで買ったんだけど、どういういわれのTシャツかは知らなかった。あとで調べてみると、「狐はなんといって鳴くのか」（What Does the Fox Say?）という歌が2013年に世界的にヒットしたんだそうです。YouTubeでチェックしてみたら、けっこうしょうもない歌だった。そんなわけで、このシャツもほとんど着ていません。

おさるのジョージのTシャツもどこで買ったのか、よく覚えていない。絵がかわいいので、ついふらっと買ってしまったと思うのだが、このシャツを着て青山通りを歩く勇気はなかなかわいてこない。どこかバハマの海岸あたりで、どさくさに紛れてこっそり着てやろうと思っているのだが、なかなかバハマにまで行く暇がなくて…。

最後のは今は亡き安西水丸さんにいただいたTシャツ。カタカナで「ナマケモノ」と書いてある。書いてないと、この枝にぶらさがっている生き物がいったい何なのか、さっぱりわからないですね。水丸さんはよくこの手を使った。似顔絵を描いてもあまり本人に似てないので、横に「宮本武蔵」とか「リンカーン」とか、名前を書いておく。でもいったん名前を横に書かれると、「あ

57

動物はかわいいけどむずかしい

T

24

58

あ、たしかにこれは宮本武蔵だ」とか、「ああ、たしかにこれはリンカーンだ」とか思えてくるから不思議だ。考えてみれば、水丸さんは実に特殊な才能を持った人であった。

いずれにせよ、これは「ナマケモノ」です。このシャツを着ていると、まず間違いなく女子関係に「わあ、かわゆい!」と言われます。着たことあるか? まだありません。

意味不明だけど

エリーナ・サイバートという、作家の写真をほぼ専門に撮っている女性フォトグラファーがいて、ニューヨークに行くと、写真を撮ってもらうために、ヴィレッジ近くにある彼女のスタジオをよく訪れる（というか、実際には出版社に行かされるのだけど）。もちろん「著者近影」を専門にしているだけあって、腕は確かだ。彼女とはかれこれ20年以上のつきあいになる。

そのたびに、何種類かの服を撮影用に携えていくのだけど、無地のTシャツが、彼女のオールタイム・フェヴァリットである。写真撮影のときの服装として、無地のTシャツに勝るものはない、

DM
ND
Diamond

というのが彼女の持論だ。「あの、アンリ・カルティエ＝ブレッソンが撮った、トルーマン・カポーティの素敵なTシャツ姿をごらんなさいよ」と彼女は言う。うん、まあ、確かにあれはすごく素敵な写真だけどね…。

僕ももちろん無地のTシャツは好きだし、日常生活においてはいちばん頻繁に着ているわけだけど、それに次いでよく着るのは、この手のレタリングだけのTシャツかもしれない。それも意味のある文脈を持つ文章ではなく、「これはいったい何を意味しているのだろう？」と首をひねってしまうような、ぶっきらぼうにただ文字だけが印刷してあるものがいい。絵柄のシャツのように見飽きることもないし、メッセージ性もより少なく、たたずまいがきっぱりしている。他の服とも合わせやすい。だからそういうTシャツを見かけると、ついふらっと買い込んでしまうことになる。

しかしこの「DMND」というのはいったい何を意味しているのだろう？ グーグルで調べてみると「Digital Marketing

63

意味不明だけど

T

27

AC
CEL
E
E
RATE

Nanodegree」という会社の略だとある。あるいは「Diamond Youth」というロック・バンドの略だともある。あるいはただ「Damned」(呪われたやつ)の略かもしれない。何の説明もないまま、何もわからないまま、僕は「DMND」と大きく書かれたTシャツを着て街を歩いている。いいのかなあ、大丈夫かなあ、とときどき不安になるけど、まだ誰かに罵《ののし》られたり、突然殴りかかられたりしたことはないので、まあとくに害はないのだろう。

「ENCOUNTER」もよくわからないですね。もちろん意味的には「邂逅」「巡り会い」ということなんだけど、何のために作られたTシャツなのか、ぜんぜんわからない。これもグーグルによれば、日本のロック・バンドの名前だとか(ロック・バンドが世の中にはいっぱいあるんだね)、道玄坂のイタリアン・レストランだとか出てくるんだけど、そのどちらでもなさそうだ。でもデザインが気に入っているので、わりに愛用している。出会い系サイトのTシャツとかじゃないといいんだけど。

「ACCELERATE」はロック・バンド(またロック・バ

SQUAD

ンドだ）R.E.M.が作った販促用のTシャツなので、これはまあいちおう安心して着られるけど。

「SQUAD」も謎です。意味的には「分隊」だけど、いったい何の分隊なのだろう？　とくに実害がないことを祈りつつ着ている毎日です。それぞれ、意味をご存じの方がおられたら、教えてください（どれもアメリカの中古屋で購入したものです）。

SPRINGSTEEN
ON BROADWAY
WALTER KERR THEATRE · NEW YORK CITY

スプリングスティーンとブライアン

もう35年くらい前のことになるけど、「ジェフ・ベック日本ツアー」のTシャツを着て、ニューオーリンズのホテルのエレベーターに乗っていたら、乗り合わせたアメリカ人のおじさんに話しかけられた。大きなよく太ったアメリカ人だ。

「おれの息子、ジェフ・ベック」と彼は言った。

「失礼？」と僕は聞き返した。彼が何を言わんとしているのか、一瞬よくわからなかったからだ。

「だからさ、おれがジョン・ベックで、息子がジェフリー・ベックっていうんだ。ジェフって呼んでるけど」

「でも、あのギタリストとは無関係？」

「ああ、ぜんぜん関係ない。ただ名前が同じってだけ」

しかし、そういうことを急に言われても困るんだよね。そこから会話が発展していく余地がまったくないんだから。息子さんお元気ですか？　とか尋ねるわけにもいかないいし（だって知らない人なんだから）。そんなわけで、エレベーターのあとの道のりは、二人ともずっと無言のままだった。


コンサートに行くと、けっこうTシャツ買っちゃいますよね。コンサート楽しかったし、いい記念だし…。でも実際にはあまり着ないかもしれない。記念にとってあるだけ、みたいな。

「スプリングスティーン・オン・ブロードウェイ」のシャツは2018年の10月に買ってきたものです。普通ブルース・スプリングスティーンっていうと、武道館とか東京ドームみたいなところでしか聴けないわけだけど、それが定員1000人以下のNYブロードウェイ「ウォルター・カー劇場」で聴けるわけで、

71

スプリングスティーンとブライアン

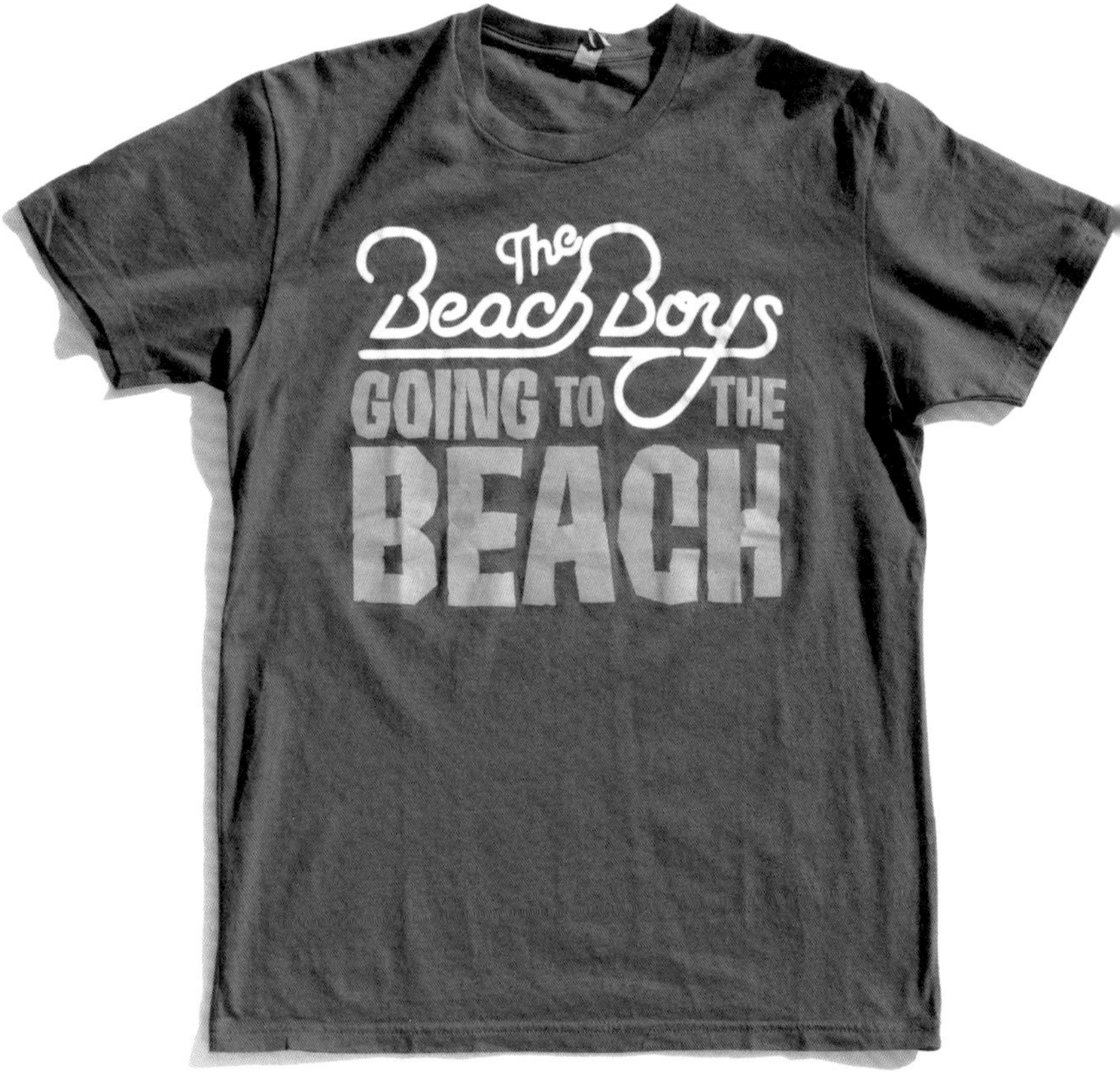

ものすごく人気を呼び、チケットは超売り切れ状態だった。でもなんとかコネをつたって手に入れて、行ってきました。これはすごかったですよ。なにしろ6メートルから7メートルくらい目の前で、ほとんど生声でブルースが唄ってくれるんだから。チケットは1人850ドルもしたけど、まあ一生に一度のことかもしれないと、がんばって奮発しました。もちろんTシャツも買ってきた。

スプリングスティーンって、僕と同い年なんですよね。身体もぴしりと引き締まって、すごく元気そうだった。声もぜんぜん衰えていない。僕もがんばらねば。

ビーチ・ボーイズTシャツもつい数年前、ホノルルで見たコンサートの記念Tシャツ。「ビーチ・ボーイズ」といっても今では、ブライアン抜きの、実質的にはマイク・ラヴ＝ブルース・ジョンストン・おっさんバンドだから、ハワイとビーチ・ボーイズという絶好の組み合わせにもかかわらず、今ひとつ客席は盛り上がら

73

スプリングスティーンとブライアン

T

32

T
33

ない。しかしシャツのデザインがなかなか素敵なので買ってきた。

それに比べると、ブライアン・ウィルソンご本尊の「スマイル・ツアー」はやはり盛り上がっていましたよね。声はもうそんなに出ないし、ファルセット部分は他の人が差し替えで唄っているんだけど、それでも「おお、ブライアンが目の前で『サーフズ・アップ』唄ってるぜ!」みたいな感動があり、会場も盛り上がっていた。やっぱり音楽にはカリスマ性って大事なんだよね、と思います。R.E.M.はおまけ。このアルバム、僕はけっこう好きだった。

フォルクスワーゲンは偉いかも

Tシャツにはいろんな種類の図柄のものがあるけど、ジャンル別で言えば、自動車関係のTシャツをうまく着こなすのって、思いのほかというか、けっこう高等な業《わざ》が要求されます。

たとえば、フェラーリとかランボルギーニとかの図柄のTシャツって、通常の社会的感覚を持った大人は、まず着こなせないですよね。クエンティン・タランティーノみたいなちょっとはぐれ気味の人ならともかく、そんなものを着たら、普通は「ガキかよ」みたいなことになってしまう。

またそこまでしっかり「スーパーカー」方面に振れずとも、メ

Car Was
1
2
3
4
WOB NB 205
New Beetle
Volkswagen

ルセデス、BMW、ポルシェあたりでも、それなりの仕掛けがないかぎり、「鰻重・特上ね、肝焼きもつけて！」みたいな小金持ち風の雰囲気が漂ってきて、寒い結果に終わってしまうかもしれない。たぶんやめた方が安全です。

かといって、スズキ「ハスラー」とかトヨタ「プリウス」のTシャツを着たいかというと、なかなかそういう気持ちにもなれない。少なくとも僕はなれそうにない。現実にまだそういうTシャツを目にしたことがないので、100パーセント断言はできないけれど、おそらく。

とまあ、そんな風に腕組みしながら、つらつら考えを巡らせていくと「フォルクスワーゲンくらいがちょうどいいのかなあ…」という結論にどうしてもたどり着くことになる。不思議にフォルクスワーゲンが、すっぽりその適正なポジションにはまっちゃうんです。

たとえば、赤の「ニュー・ビートル」シャツなんて、けっこうこなれてていいですよね。街で着ていてとくに気恥ずかしくもな

79

フォルクスワーゲンは偉いかも

T

35

T

36

いし、とくにエバッっているようにも見えない。ビートル――もちろんしっかり中産階級的ではあるんだけど、貧乏くさくはないし、ライフスタイルみたいなものもそれなりに、無口に持ち合わせている。

もうひとつ、同じフォルクスワーゲンのSUV「トゥアレグ」Tシャツですが、これもただシンプルに字が――それも発音記号で――書いてあるだけなので、さりげなくていい。車自体に関しても、ポルシェ「カイエン」とプラットフォームが同じわりに、ぜんぜん高級そうに見せない（見えない）ところにもそこはかとなく好感が持てる…というのはともかく、ことTシャツのデザインに関して言えば、フォルクスワーゲン、ずいぶんがんばっていますね。車の将来についてはもうひとつよくわからんけど、Tシャツ業界においては、これからも健闘してもらいたい。陰ながら応援しています。

「スマート」の図柄もなかなか悪くない。これもけっこう日常的

T

37

に普通に着られます。「8月には毎週1台、車が当たります」というのがどういうことなのか、不明だけど。

英国車に移って「シェルビー・コブラ」、このへんは、うーん、かなりぎりぎりのところですね。どっちに転ぶか、行く先が見定めがたい。コムデギャルソンのジャケットの下にやくざに着たりすると、それなりに決まるんだけど…。

冷えたビールのことをつい考えてしまう

専業小説家になってしばらくして走り始めた。毎日机の前に座って仕事をしていると、どうしても運動不足になるので、「何か運動をやらなきゃ」と、一念発起して近所を走り出したのだが、そのうちに走ることにずっぽりはまってしまい、レースに積極的に出場するようになった。以来40年近くにわたって、毎年最低1度はフル・マラソンを完走している。

フルだけではなく、ハーフや10キロなんかのレースにも出ているし、100キロのウルトラも走ったし、トライアスロンにもちょくちょく出ている。だから当然のことながら、もらった「完

NEW YORK CITY
MARATHON
1998

'98 TRIATHLON ASIAN CUP
MURAKAMI
ITU INTERNATIONAL TRIATHLON
ASTC
NTT
TRIATHLON
JAPAN CUP

T

39

走Tシャツ」が山ほど溜まってしまう。いちおう記念品だから、だいたい全部、段ボール箱に入れて保管しているけど、そういうのって日常的に着ることはまずないし、けっこう場所もとるし……ねえ。

そんなシャツの山の中から、とりあえず適当に4枚を出してきました。

1998年のニューヨーク・シティ・マラソン（NYCM）。5人のランナーが手を繋いで走っているのは、NYCMが市の5つのすべての区（ボロー）を抜けるコースをとっているからです。このコースがとても面白い。正統派ユダヤ教徒ばかり暮らしている地域とか、ブラジル人ばかりいる地域とか、ほとんどアフリカ系の人しかいない地域とか、そういう普段はあまり目にすることのない場所を、自分の2本の足を使って走り抜けることができる。これはとても素敵な体験になります。ニューヨークという巨大な街の本当のありようを理解するには、このレースを走るに限るというのが、僕のささやかな個人的意見です。

ただしこのレースは、ランナーにとってはかなりタフだ。というのは途中でいくつも橋を渡らなくてはならないから。吊り橋って真ん中がぐっと高くなっているので、上り下りすることでけっこうエネルギーを消耗する。最後のセントラル・パークもやたら坂道が多くて、とにかくくたくたになります。といいながら、僕のベストタイムは１９９１年のＮＹＣＭで出したんだけど。

１９９８年にはまた、村上トライアスロンにも出場している。元気だったんですね。このＴシャツを外国で着ていると、「村上さん、あなたはトライアスロンの大会の主催もしているのか？」と尋ねられたりするけど、もちろんそんなことはありません。新潟県村上市がトライアスロン大会を開催しており、僕はただそこに出場しているだけ。縁戚関係みたいなものはない。僕はこの大会が好きで、これまで5回か6回は出たと思う。レースを終えた後、地元の名酒、〆張鶴で乾杯するのが習慣だった。

２００6年のボストン・マラソン。ボストンは僕がいちばん好きなフル・マラソン・レースだ。とにかく沿道の風景が素敵で、

T
40

T

41

人々の応援ぶりが半端じゃない。これくらい「伝統」の重みというものを感じさせてくれる大会はない。走り終えた後、レストラン『リーガル・シーフード』に行って、チェリーストーンという地元特産の貝を食べながら、サミュエル・アダムズの生ビールを飲むのが好きだった。レースの最後の方はいつもそのことを考えながら、力を振り絞って走っていました。冷えたビールのことって、ついつい考えちまうんですよね。

毎年ハワイのオアフ島でおこなわれるグレート・アロハ・ラン、地元の人たちに人気のあるレース。アロハ・タワーからアロハ・スタジアムまで、13キロほどを走る。しかし2006年はルイ・ヴィトンがレースを後援していたんですね。といってもルイ・ヴィトンのシャツがもらえるわけではなく、ただ普通のシャツに「LOUIS VUITTON」と書いてあるだけ。でも「ほら、ルイ・ヴィトンだぜ！」みたいな顔をして、このシャツを着て街を歩いたりすると楽しい…かも。

PROPERTY OF
POWELL'S
BOOKS
EST. 1971
POWELLS.COM
SHIZEN
GIRL FRIEND BOY FRIEND
ICHARD KERN
ASSO'S
CHEN
TOILE
PURPLE

本はいかが？

「読書の秋」と言われるけど、夏の午後に爽やかな樹陰でのんびりと読書に耽るのもいいものです。なにも秋だけが読書のシーズンではない。まあ、本を読む人は雪が降ろうが蝉が鳴こうが、たとえ警察から「読むな」と言われても本を読むし（『華氏451度』参照）、読まない人は何があったところで読まないんだから、季節なんてとくにどうでもいいようなものなんだけど…。

というわけでとにかく、今回は読書に関係したTシャツを集めてみました。うちにはそういうのがいっぱいあるんですが、あくまでその一部。

T
43

いちばん大きく写っているのが、アメリカ・オレゴン州ポートランドの有名な『パウエルズ・ブックス』のTシャツです。僕も1度行ったことがあるけど、雰囲気といい、趣味の良い豊富な品揃えといい、とても素敵なインディペンデントの書店です。大きな倉庫みたいなざっくりした造りで、ここに行くと軽く1日つぶせちゃう。こういう書店がうちの近くにあるといいなあと思う。

そこで何冊か面白そうな本を選んで、それを抱えて代金を払おうとしたら、レジの女性に「あなたはひょっとしてムラカミじゃないか」と言われて、「そうだけど」と返事したら、「それは素晴らしい」ということで、その場で数十冊の本にサインさせられて、けっこう大変だった。即席サイン会。このTシャツはそのときにお礼としてもらったような記憶がある。まあ、少しでも書店のお役に立てればなによりなんですけど。

しかしそういえば、僕はこれまで新宿の紀伊國屋でずいぶん時間をつぶしてきたけど、店内でもレジでも、声をかけられたようなことは一度もなかったな。どうしてだろう（もちろん僕としてはすごくありがたいことではあるんだけど）。

次は「AHS文芸クラブ」のTシャツ。古着屋で2ドルで買ったものなので、これがどんな成り立ちの読書クラブ（なんだろうな）なのか詳しいことはぜんぜんわかりません。しかし「オオカミなんか怖くない」と書いてあって、トランプの兵隊たちがいて、3匹の子豚がいて、オオカミが花を一輪持っているところを見ると、児童書の関係なのかもしれない。なかなか素敵なデザイ

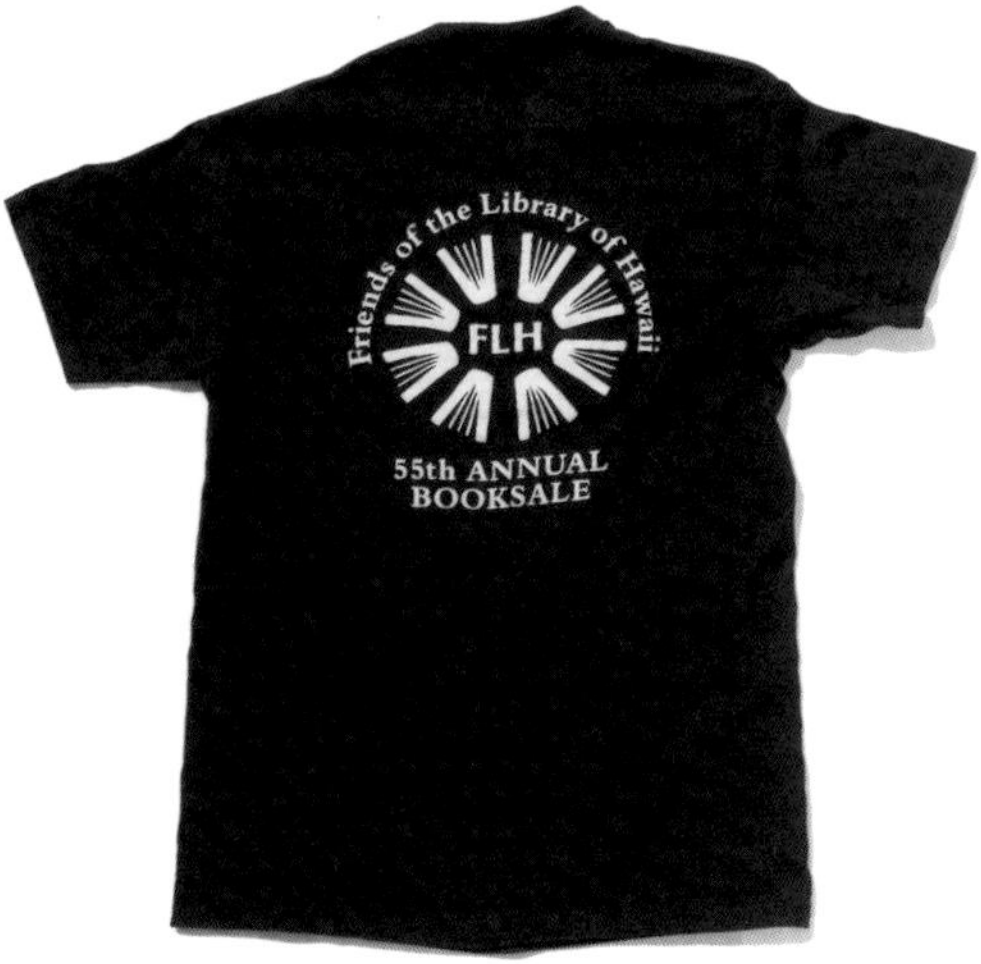

T
44
back

本はいかが？

T

44

front

ンで、個人的に気に入っています。このオオカミ、見たところたしかに悪いやつじゃなさそうだ。しかし見かけだけかもしれないし、なにしろオオカミだし、いちおう用心するにこしたことはないと思います。

ホノルル図書館の「毎年恒例ブックセール」のTシャツ。アメリカの図書館って年に1度、不要になった書籍を売りに出すところが多いですね。こういう即売会は値段がとても安く、けっこう面白い本が見つかるので、本好きにはたまらない。僕も機会があれば必ずのぞきに行きます。このTシャツはたぶん、そこで販売を手伝っているボランティアの人たちに配られたものなのだろう。

「Got Books?」、本はいかがですか？　みなさん、きっと日々忙しくお過ごしでしょうが、どうかできるだけ暇を見つけて、せっせと本を読んでくださいね。本を買ってもらえないと、作家は生活していけませんので。これもホノルルのスリフト・ショップで買った。

最後はシアトルの有名な独立系書店、『エリオット・ベイ・ブック・カンパニー』のＴシャツ。昔ここで朗読会をやったときにもらいました。とても素敵なブックストアですよ。

T
45

街のサンドイッチマン

僕が幼少の頃には「サンドイッチマン」という職業の人たちがいて、身体の前と後ろに大きな看板をぶら下げて、街の通りを歩いて、行ったり来たりしていた。言うなれば歩く広告塔みたいなものです。１９５０年代、まだテレビもあまり普及していなくて、もちろんＳＮＳなんかもなくて、世の中全体にメディアがすかすかだった時代のことだ。「おいらは街のサンドイッチマン」みたいな唄も流行った。１９６０年代に入るとテレビが普及したから、サンドイッチマンという職業も、いつしか世間から姿を消してしまった。残念です…。

Bring it.

T

47

今の時代、その「サンドイッチマン」の精神をしっかり受け継いでいるのが販促Tシャツだと言えるかもしれない。企業はTシャツに自社のロゴやメッセージをつけて、人々に配る。人々はそれを着て街を歩く。企業にしてみれば、無料《ただ》で自社の宣伝をしてもらっているようなものだ。Tシャツなんて大量に作ればかなり安価なものだから、広告費として簡単に採算がとれるだろう。というようなわけで、街を歩けば「無料サンドイッチマン」が至るところに見受けられる。

大きく写っているグレーのシャツは、アメリカのスポーツ・チャンネルESPNの宣伝用Tシャツ。フットボール・野球・サッカー・バスケットボールというスポーツの王道が図柄で描かれている。わかりやすくてなかなか素敵ですね。この中では僕は野球がいちばん好きだ。がんばれヤクルトスワローズ…関係ないか。

赤いTシャツは英国の経済誌『エコノミスト』のTシャツ。誌名ロゴの下に「Think responsibly」(責任をもってものを考えよう)と書かれている。英国らしいというか、さすがに格調あるメッセージだ。しかしTシャツごときに、急にそんなむずかしいこと言われてもなあ、とか思いますよね。

　茶色のはグーグルのTシャツ。いくつかのアイコンが並んで、下に「Google Analytics」とある。僕はこの手のことにはかなり疎いんだけど（中古レコード屋の事情とかになるとやたら詳しいんだけど）、グーグル・アナリティクスというのは、グーグルのやっている分析ツールのことなんですね。ネットで調べると「予測分析アルゴリズム、組み込みの統計分析機能およびAdobe Senseiのマシンラーニングを活かし…」とか説明があるけど、何のことだか僕にはさっぱりわからない。でもわけはわからないなりに、Tシャツは着ています。Tシャツに罪はない。

　次はオリンパス。これもアメリカの中古屋で2ドルくらいで買ったんだけど、背中には同社のICレコーダーの詳細な図がプリントされています。こういう昔ながらの「製造業」のTシャツを着ていると、話がシンプルで、おいら、なんとなくほっとするかもしれない。

105

街のサンドイッチマン

T

T

49

そんなわけで、おいらじゃなくて、僕も日々けっこう「街のサンドイッチマン」をやっております。あなたはいかがですか？

トカゲと亀

とくにトカゲが個人的に好きというわけではないのだけど、このあいだ抽斗《ひきだし》のTシャツを整理していたら、なぜかトカゲの絵のものがずるずる出てきたので、ここに並べてみました。1枚ぶんスペースが余ったので、ついでに亀も出してきたけど、あくまでついでなのであって、とくに「亀がトカゲの仲間だ」とか主張しているわけではない。

ひとくちにトカゲと言っても、ここに並べられたのは3匹とも、異なった種類のトカゲたちだ。フロントの写真はガラパゴス諸島にいるイグアナ。もうひとつはハワイのゲッコー。月光仮面とは

Galápagos

関係ないです…と言っても、月光仮面ってわからないか。まあ、いいや。もうひとつはなんという種類だろう？　僕はちょっとわからない。トカゲの事情にはあまり詳しくないので。

メルボルンの動物園に行ったときに、大トカゲを撫でさせてもらった。「大丈夫ですよ。噛みついたりしないから、撫でてやってください」と飼育係の人に言われて、あまり気は進まなかったけど、親切で言ってくれているのをむげに断るのもなんだから、頭をちょっと撫でさせてもらった。猫の頭を撫でるみたいに。鱗のある、オーストラリアにしかいない珍しいトカゲということで、皮がこりこりと硬く乾いていて、不思議な感触だった。

トカゲ好きの人にはきっと堪えられない貴重な体験なのだろうが、僕にはとくにそういう趣味はないので、「どうせ撫でるんなら猫の方がいいよな」とか思いながら、しょうがなくトカゲの頭を撫でていた。トカゲも「まあ、しょうがないよな」という感じでおとなしく撫でられていた。

ガラパゴス諸島には一度行ったことがあるけど、なにしろ島の

MAUI
SURF CO.

T

52

どこに行ってもイグアナがごろごろしているので、最初は「おお、イグアナだ！」とか感動しているんだけど、そのうちに「なんだ、またイグアナかよ」みたいなことになってしまった。パンダなんかも、そのへんにいっぱいごろごろしていたら、「なんだ、またパンダかよ」みたいなことにきっとなるんだろうな。

ガラパゴスには海に潜って海藻を食べる、珍しい種類のイグアナがいて、このひとたちは1時間呼吸をせずに海に潜っていられる。体温を下げて、血流を止めてしまうことで、そういうのが可能になるんだそうだ。イグアナは草食だが、住んでいた島に植物が生えていなかったので、そのように進化したのだ。ダーウィンがその「海イグアナ」を研究して、「進化論」のひとつの例証とした。

このひとたちが1時間、海に潜っていられるということを実証したのもダーウィンだ。ダーウィンは10分刻みにイグアナを水の中に漬けていって、70分まで行ったところで死んでしまったので、「おお、60分は潜っていられるんだな」という確信を得た。しか

T

し考えてみれば、70分水に漬けられていたイグアナは気の毒だ。科学というのはどこまでも非情なものなのだ。

というわけで、僕はこのイグアナTシャツをガラパゴスの空港の土産物屋で買いました。ダーウィンに70分水に漬けられて死んでいったイグアナを悼んで。

Princeton University
East Asian Studies
Japanese Program
プリンストン大学

大学のＴシャツ

最近「反社会的勢力」という言葉をよく聞くけど、いったいいつ頃から誰が使い始めたんだろう？　しかしヤクザの人が「わしは組のもんじゃけえ」とかすごむと、こっちもかなりぎくっとするけど、「私は反社会的勢力の一員だ」とか言われても、なんかぴんと来ないですよね。「はあ、そうですか」みたいな感じで終わってしまいそうだ。まさかそういう効果を狙ってつくられた用語でもないのだろうが。

それから「反社会的勢力」の反対語っていったい何でしょうね？　ずいぶん考えたんだけど、適当な言葉がなかなか浮かんでこない。

「親社会的勢力」みたいなところかな。しかし社会のあり方を肯定する人たちが、ひとつの固定された勢力になったりすると、それはそれでちょっと問題あるかもしれない。まだヤクザのみなさんの方が…なんてことはもちろん言わないけど。

まあ、そんなことはどうでもよくて、これらは大学のネーム入りTシャツです。

いちばん大きく写っているのが、プリンストン大学日本語学科の作ったTシャツ。僕は2年半ほどプリンストン大学に在籍していたことがあり、そのとき「村上さん、どうぞ」と1枚もらったんだけど、正直いってあまり着る機会はなかった。悪くないデザインだとは思うんだけど、こういうTシャツはよほど気合いを入れないと、街中《まちなか》では着こなせないですよね。記念品として大事にとってありますが。

次がイェール大学の2016年卒業式の記念Tシャツ。僕はこの年の卒業式に招かれて、名誉博士号というのをもらいました。すごいでしょ？ といっても、名誉博士号をもらったところで、

119

大学のＴシャツ

T

55

anvil
HARVARD
FOR JAPAN
A cross-Harvard alliance for the 2011 Tōhoku Earthquake and Tsunami Relief

T

56

とくに良いことなんて何もないんです。賞金がついているわけでもないし、役立つ特典みたいなのがあるわけでもない。ぺらっとした証書みたいなのを1枚もらうだけ。

でもだいたいいつも、何人かで一緒に名誉博士号をもらうので、こういう機会があるとけっこう興味深い人に会うことができます。イェールでは『シェ・パニース』のオーナーにして、カリスマ的料理人アリス・ウォーターズさんが隣の席だったので、いろんな面白い話を聞けた。プリンストンで名誉博士号をもらったときは、隣がクインシー・ジョーンズさんで、卒業式のあいだずっとジャズの話をしていた。ジョーンズさんは「おれは松田聖子のアルバムのプロデュースをしたんだぞ」と僕に自慢していた。もっと他に自慢することはいっぱいあるだろうにね。

それからハーヴァード大学が、東日本大震災のときに作った支援Tシャツ。小さな字なので読めないと思うけど、下の方に「A cross-Harvard alliance for the 2011 Tohoku Earthquake and Tsunami Relief」と書いてあります。「東日本大震災救済のためのハーヴァード全学提携」ということかな。アメリカの大学は一般的に、社会問題に対して日頃から広く開かれているので、この種の組織運動もとても速やかに、自発的に立ち上げられる。日本の大学も見習いたいですね。こういう「親社会的勢力」の存在は言うまでもなく好ましいですね。

そしてアイスランド大学のTシャツ。レイキャビクの文学フェスティヴァルに出たときに、この大学で話をした。アイスランドの人口は全部で35万人ぐらいなんだけど、そのうちの1万人がこの大学の学生なんだそうで、人口比率にしたらすごいですね。アイスランドはとても面白い国だった。オーロラも見られたし、また行きたいな。

123

大学のTシャツ

T

57

空を飛ぶこと

僕は泳ぐのがわりに好きです。それもあてもなく長く泳ぐのが好きです。以前トライアスロンをやっていたので、1キロ半くらいを、クロールでマイペースで泳ぐ練習をよくしていました。「ランニング・ハイ」ではないけど、水泳にも「ハイ」みたいな状態があり、長く泳いでいるうちにだんだん気持ち良くなってくる。歌とかつい歌いたくなってきます（よく「イエロー・サブマリン」を歌っている。ぶくぶく）。そういうときには「泳ぐのって、空を飛ぶことの次に気持ちいいよな」と思います。

しかしそういうことを人に言うと、だいたい「村上さんは空を

window bird

飛んだことがあるんですか?」という質問がかえってくる。いや、そう言われると、実際に空を飛んだことはまだないです…。でもなんとなくそうなんじゃないかなと、想像しちゃう。鳥に笑われるかもしれないけど。

で、今回は鳥のTシャツ特集です。とくに意識して鳥のTシャツを集めているわけではないんだけど、知らないうちに集まっていた。

メインの写真は、アメリカの読者が送ってくれた「ねじ巻き鳥Tシャツ」。かっこいいですね。『ねじまき鳥クロニクル』を読んで、インスパイアされて作ってみたということです。なかなかのグッド・デザインです。そのまま商品化してもいけるんじゃないかな。これは気に入って、実際にときどき着ています。

茶色のはペリカン(だと思う)。このあいだガラパゴスに行ったときは、あたりにペリカンがうようよしていて、悪いけど、「これだけうようよしていると、代々木公園で鳩を見ているのと変わりないな」と思ってしまいました。

127

空を飛ぶこと

T

59

T

60

緑色のはカラス（だと思う）。カラスにはこれまで何度もひどい目にあっています。朝走っているとよくカラスに攻撃されたから。とくに青山墓地を抜ける道路では、すれすれの低空飛行で威嚇されたり、頭を爪でひっかかれたりした。僕はカラスに何か悪いことをした覚えもないし、悪いことをしてやろうという気持ちを抱いたこともないし、なんでこんなひどいことをされるんだろうといささか憮然とした気持ちになってしまうんだけど、でもまあカラスにはカラスの理屈があるのだろう。あるいはどこかの文芸評論家が輪廻とかで、凶暴なカラスに生まれ変わったのかもしれない…というのはもちろん冗談ですけど。

最後のはたぶんカモメ（だと思う）。僕は鳥類にはあまり詳しくないので、「思う」としか書きようがなくて、申し訳ありません。ギリシャのある島に住んでいるとき、1羽だけとても人慣れしたカモメがいて、人と遊んでくれるんだけど、ときどき手をくちばしで突っつかれることがあり、それはかなり痛かった。カモメとはあまり遊ばない方がいいと思います。けっこう凶暴だから。

T

61

『イースト・ドック・バー&グリル』、どんな店なんだろう？どこにあるのか知らないけど、ちょっと行ってみたいです。

スーパー・ヒーロー

最近は映画を見に行こうかと思っても、うちの近くのシネコンなんかでやっているのは、マーベル・コミックを原作とした映画ばかりで、僕的には「なんだかなあ」と思うことが多いんだけど、しかしあんなにせっせとシリーズで作られているところを見ると、きっと需要も大きいんだろうね。この世の中はそんなに切実にスーパー・ヒーローの登場を必要としているのだろうか？

僕が少年の頃は——というとかなり昔の話になるんだけど——テレビでよく「スーパーマン」と「バットマン」を見ていた。とくに「バットマン」は遊び心満載に作られていて、擬音の吹き出

ASTRO BOY

しなんかも「BAOOOOOM!」みたいな風に画面に出てきて、ポップで他愛なくて楽しかった。でも最近作られている映画の「バットマン」シリーズは話がリアルというか、やたら暗いですね。最初は「そういうのも新鮮で悪くないな」と思って見ていたんだけど、だんだん疲れてきて、あまり新鮮でもなくなって、「もういいや」みたいになってしまった。

「鉄腕アトム」のTシャツはハーヴァード大学の生協でバーゲンしていたのを買ってきた。どうして「鉄腕アトム」のTシャツがハーヴァード大学の生協でバーゲン商品になっているのか？詳しいことは知りません。でもその場所的意外性に打たれて、つい買ってしまった。「鉄腕アトム」はアメリカでも「アストロ・ボーイ」というタイトルでテレビ放映されていて人気があり、日本版と同じ「鉄腕アトム」のテーマ曲が英語吹き替えで歌われていた（これがなかなかかっこいい）。しかし「鉄腕アトム」のダークサイドを描いた実写版映画なんて、僕としてはあまり作ってほしくないですね。僕が知らないうちに、既に作られているのか

135

スーパー・ヒーロー

T

63

もしれないけど…。

「スーパーマン」のこのマークは「バットマン」のマークと並んで、誰が見てもすぐにわかるユニヴァーサルな定番になっている。あまりにユニヴァーサルすぎて、実際に着るシチュエーションはほとんどない。

もうひとつはたぶん「アイアンマン」ではないかと思うんだけど、顔がかなり芸術的にデフォルメされているので、定かではない。Tシャツについているラベルは「MARVEL COMIC」となっているので、間違いなくそのへんの関係者だと思うんだけど、もし何かご存じの方がおられたら教えてください。いずれにせよ、Tシャツのデザインとしてはけっこういけてます。

最後は、よくわからないおっさんの姿が描かれたTシャツ。コミック関係のショップで買ったので、たぶんどこかのコミックの登場人物ではないかと思えます。しかしこれはどう見てもヒーローではなくて、むしろアンチ・ヒーローですね。たとえば「ドクター・ノオ」みたいな。これももし何かご存じの方がおられた

137

スーパー・ヒーロー

T

64

T

65

らご教示ください。

しかし考えてみれば、スーパー・ヒーロー映画がいっぱいあって、現実にはスーパー・ヒーローが出現してこない世の中って、それはそれで悪くないのかもしれない。Tシャツを整理しながら、ふとそう思いました。

熊関係

抽斗《ひきだし》のTシャツを整理していたら、熊の図柄のものがけっこう目についたので、今回は熊関係でまとめてみました。とくに熊が好きというわけではないのだけど、たまたま手もとに集まってしまったので。

大きく出ている写真のシャツは、有名な「スモーキー・ザ・ベア」のパロディーです。「スモーキー・ザ・ベア」は1944年にアメリカ政府によって認定された、森林火事防止キャンペーンのキャラクターで（要するにアメリカ版「くまモン」みたいなものです）、その標語は「キミだけが森林火事を防げる！」とい

T

67

うものだった。1944年といえば第二次大戦中のことで、日本軍が風船爆弾を使ってアメリカ西海岸に山火事を起こそうと計画していたことも、このスモーキーの登場に一役買っているみたいだ。だからもともとは善良な社会的役割を担った熊だったわけだ。

でもこのシャツのスモーキーはなんだか性格が悪そうですね。目つきがなんとなく不穏で、火のついたマッチ棒までくわえている。ぐれて反社会化したスモーキー。でも何はともあれ、山火事だけは起こさないようにしよう。僕も一度オーストラリアを車で移動しているときに山火事に囲まれかけたことがあったけど、あれはずいぶんおっかないものです。日本軍の風船爆弾作戦は結局成功しなかったけど、最近はドローンなんてのがあるから、けっこうリアルな脅威になるかもな、と及ばずながら心配してます。

次のは『ヴェンチュラ・サーフショップ』のTシャツ。熊の図柄になっているのは、熊がカリフォルニア州のシンボルだからです。熊とカリフォルニアって、なんだか似合ってないみたいに思うんだけど、とにかくそういうことになっているので…。昔はカリフォルニア州にも熊がたくさんいたのかな？　熊本にも熊がいたのかな？　このショップのあるヴェンチュラ郡はサンタバーバラの近くにある高級住宅地で、サーファーのメッカにもなっている。Tシャツの文句は「Life's better in Ventura」。僕はまだここに行ったことないんだけど、案内記事を読むと、一年中暖かくて、雨が少なくて、ビーチが美しくて、なかなか良さそうなところです。ここに行ったら実際に人生が向上するかどうかまでは、ちょっとわからないけれど。

次もカリフォルニアのサーフショップ『Bear Surfboards』のシャツ。ただしこれはジョン・ミリアス監督のサーフィン映画『ビッグウェンズデー』に出てきた、フィクション内の架空のショップであって、実在はしない（と思う）。しかしなかなかかっこいいデザインなので、そのまま商品化された。一時期はやりました。僕もそのときにこのシャツを買った。『ビッグウェンズデー』、面白かったですね。

145

熊関係

T

68

最後のTシャツ、これは〈ハーレー〉というサーフ・ブランドが出しているシャツなんだけど、プリントされている迷彩色の正体不明の動物、これはいったい何なんだろうね？　猫のようでもあり、兎のようでもあり、僕にはわけがわからないので、とりあえず熊関係に忍びこませてここに出しておきました。もしこいつの正体をご存じの方がおられたら、ぜひ教えてください。

LONE STAR
BEER

ビール関係

僕のTシャツ・コレクションはまだまだいっぱいあるんだけど、いつまでやってもきりがないので、このへんでいちおう終わりにします。で、最後はやはりビール関係。Tシャツといえば夏、夏といえばビール…ですね。いや、何も夏でなくても、暖炉のオープン・ファイアの前で、ロッキング・チェアに座り、膝に抱いた猫の頭を撫でながら、冷たいビールをちびちび飲むというのも、人生における大いなる至福のひとつですよね。

え？ 暖炉もないし、ロッキング・チェアもないし、猫もいない？ それはお気の毒です。というか、考えてみればうちにもそんなもの、ひとつもありません。猫さえいない。ただそういうシチュエーションはきっと素敵だろうなと、想像してみただけ。想像力って大事ですよね。

大きく出ている写真の「ローン・スター」、テキサスのビールです。日本ではなかなかお目にかかれない。孤高の星、ローン・スターはテキサス州の象徴です。飲んだことあるか？　ありません。どんな味がするんだろう？

次は「ハイネケン」、こいつは有名ですね。誰でも知っているオランダのビール。僕はアメリカに行くとよくこのビールを飲みます。うるさいバーなんかだと、バーテンダーに大声で怒鳴って注文しなくてはならないことがありますが、そういうとき発音がいちばん通じやすいのがこの「ハイネケン」です。「ミラー」とか「サミュエル・アダムズ」とか叫んでも、経験的に言ってろくすっぽ通じない。へたするとラムコークが出てきたりして…。

次はこれも有名な「ギネス」、アイルランドのビールです。本場アイルランドでギネスを飲んだことありますか？　これはも

151

ビール関係

T

71

GUINNESS EXTRA STOUT
ST. JAMES'S GATE DUBLIN
BREWERS OF DISTINCTION SINCE 1759
REGISTERED TRADE MARKS
BOTTLED BY
GUINNESS
ARTHUR GUINNESS SON AND CO.

T

72

うとことんうまいです。アイルランドをまわって、違う町に行くごとにパブに入って「ギネス」を飲む。すると町ごとに、店ごとにビールの温度とか、泡の立ち具合とか、少しずつ味わいが違うんです。それが面白くて、いろんな町で「ギネス」を注文して飲んでいた…というようなことを書いていたら、無性に「ギネス」が飲みたくなってきた。ちょうど近所にアイルランド・パブがあって、ここのマリガン・シチューがなかなか――いや、その前にこの原稿を最後まで書いてしまわなくては。

最後のは「ブルー・ヘロン・ペール・エール」、これはオレゴン州ポートランドのビールです。ポートランドはビールの黄金地帯で、おいしい地ビールを飲ませる店がたくさんあります。ポートランドのウィラメット・ヴァリーでは、上質のホップが育つということで、ビール産業が盛んなのです。僕もポートランドに行ったときには、ずいぶんビールを飲みました。ブルー・ヘロンは「アオサギ」のことで、ポートランドの市鳥です。「市長」じゃなくて、「市鳥」です。いくら自然をこよなく愛するポートランド

T

73

市でも、鳥が市長を務めることはできない。

で、その「ブルー・ヘロン・ペール・エール」をおまえは飲んだのか？　覚えていません。ポートランドではけっこう酔っ払っていたので。

つい集まってしまったTシャツの話と、まだまだ掲載しきれなかったTシャツたち。

聞き手・野村訓市

――最初Tシャツを着るようになったきっかけは何ですか？

「Tシャツを着るようになったのは大昔の話だけど、僕が10代の頃はTシャツを着るという文化がそもそもなかった。いわゆるアンダーシャツ、下着みたいなものしかなくて、ネームや絵柄を入れたものはなかったんですよ。出てきたのは'70年代になってからかなぁ。覚えているのはUCLAのTシャツやアイビーリーグの大学ものっていうのが流行ったこと。あとはヤンキースとかのスポーツもの。そういうのは昔からあった気がします。昔VANヂャケットがあったでしょ？　そのロゴのTシャツは人気あったよね。当時はアイビーしかないからもちろん僕も着ていました。'70年代が進むにつれていろんなTシャツが出てきた気がします。その頃からバンドもの、T・レックスなどのロックTが出たり、おまけのTシャツなんかも出てきた。いわゆるノヴェルティーものですね。小説を書きだした頃の'78年とか'79年にはTシャツは普通に着るものになっていました。『Made in U.S. Aカタログ』や『ポパイ』が創刊した頃からTシャツ文化っていうのが広がって。'70年代の中頃ですか」

――村上さんも『ポパイ』を読んでいたんですか!?

「読んでましたよ。店をやっていましたから雑誌を買って置いておく。アメリカものの特集の号はお客さんにもすごく人気があってね。すぐにボロボロになったのを覚えてます。ロックコンサートに行くとTシャツを買うようになったのは、それからかな」

――ちなみにどんなロックTを買ったんですか?

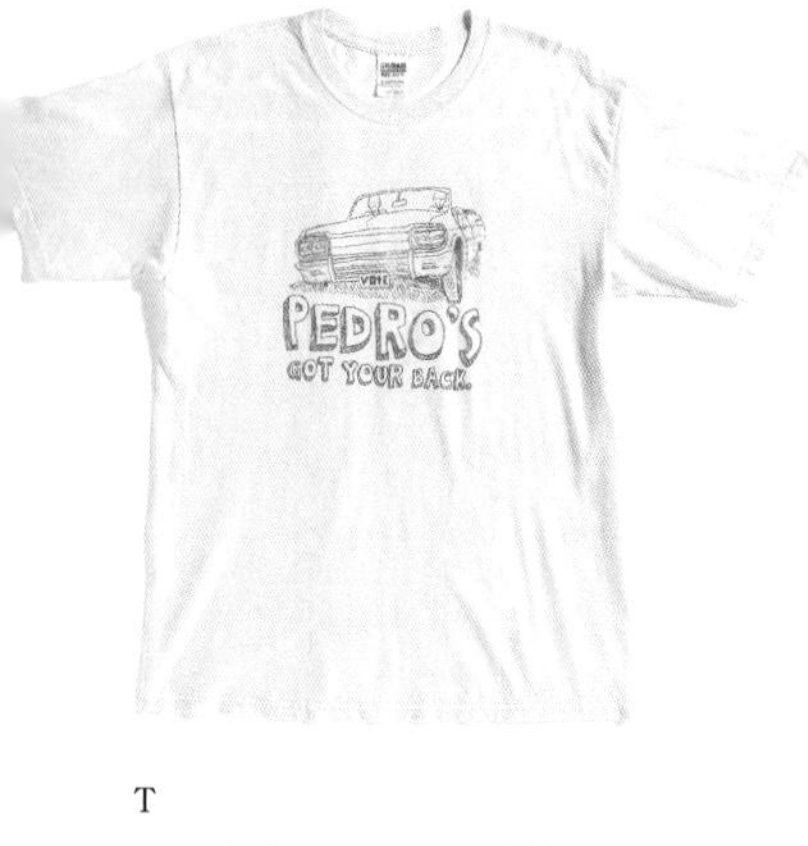

T

74　右上｜シアトルの老舗店テイラー・シェルフィッシュ・ファームズ。

75　左上｜名古屋名物のみそかつ店、矢場とんのショップT。

76　右下｜ Tideだけに、色落ちの感じがとてもいいです。

77　左下｜クルマのナンバーにVOTEってあるので、もしかして選挙T?

「最初に買ったロックTは覚えてないなぁ。ジェフ・ベックを買ったのは覚えてますが（笑）。でも、もう持ってないです。Tシャツは消耗品だから、どんどんなくなっていく。取っておけばよかったのだけど。ジャズものはあんまりないんで、持ってないですね」

――撮影させていただいたTシャツの写真を見ながら話を伺いたいのですが、一番古いのはどのTシャツなんでしょうか？

「'83年、初めて走ったホノルルマラソンのTシャツ、残っている中では一番古いんじゃないかな。都築響一さんの『捨てられないTシャツ』に載っているものです」

――なるほど。一見するとここにあるTシャツの種類はバラバラに見えて何かこう基準がチラホラと見える気がするのですが。

「僕はね、おしゃれなTシャツをお店に行って買うっていうのがあんまり好きじゃないんですよ。それよりノヴェルティーだったり、中古屋でそれらしいのを買うとか、そういうのが好きなんですよ。だからブランド物のちゃんとしたTシャツなんてほとんど持ってない。グッドウィルの店に行っていろんなものを見て半日潰すとか、そういうのが好きなんです。まぁ、結局、ヒマなんだね（笑）」

――レコードを買うように指針みたいなものはあるのでしょうか？

「選ぶ基準はもちろんデザイン、あとはジャンル。僕はレコードプレーヤーとかレコードが入っているTシャツがあるとたいがい買っちゃいますね。それはそのジャンルが好きだから（笑）。何枚かここにもあります。あとはビール、自動車、広告Tシャツも好きですね。ESPN、クアーズと色々ありますが、ここにあるオリンパスのとか好きだなぁ」

――企業もののTシャツはいいですよね、デザインも。村上さんはアメリカの大学で文学を教えていたので、アイビーということでカレッジものが多いのではと勝手に想像していたのですが。

「大学のTシャツもいろんな大学に行ったときに買っていたんですが、あまり着られないですよ。そこの卒業生だったらいいですけど、ただ訪れただけの学校のハーヴァードだ、イェールだのと書いてあるのは恥ずかしくて着られない。じゃあ、日本にいて早稲田と書いてあるのを着られるかというと着られませんが(笑)。すごいマイナーな大学、地方のリベラルアーツの学校のTシャ

T
78　上｜リーボックがスポンサードしたスパルタンレースのノヴェルティー。
79　下｜つい買ってしまうレコードモチーフものの、ひとつ。

ツとかなら着ていますが、そんなの着て歩いて、もしそこの卒業生に出くわしたら、絶対声かけられるじゃないですか！　だからすごく緊張して着ています（笑）」

――（笑）。グラフィカルなTシャツばかりを集めていただきましたが、無地Tもお好きという話でした。

「僕のメインは柄物だけど、アメリカで一度、作家を専門に撮る写真家エリーナ・サイバートにポートレートを撮ってもらったとき、柄物のTシャツを着ていったら、それはダメだと。写真は無地のTシャツに限るのだと。それでトルーマン・カポーティのグレーの無地のTシャツを着ているポートレートを見せてくれて『かっこいいでしょう？』って。確かにかっこいいんだよね（笑）。それ以来、写真撮影をするときのTシャツは無地と決めてます」

――たしかにそれはそうですよね。ちなみに無地Tにも何かこだわり

T
80　コンバース・オールスター。企業もののコレクションから。

はあるんでしょうか？

「首がいい〝やれ具合〟になる無地のTシャツはいいですね。なかなか難しいけれど。〈ヘインズ〉と〈フルーツオブザルーム〉は〝やれ具合〟がいいのだけれど、一番いい状態が長く続かない。無地のTシャツは消耗品だから、取っておいても記念にならないし」

T
81　上｜フィッツジェラルドのポートレート。
82　下｜ニューヨークのジャズクラブ、バードランドの60周年記念Tシャツ。

――ですよね。もったいなくて着ないような古い無地Ｔを部屋に溜め込んでしまっている人も多いと思いますが、それは無駄ということで。今でも村上さんはＴシャツを日常で着ているのでしょうか？

「夏はＴシャツのみですね。それ以外に着るものがないというぐらい。アロハも時々着ますけれど、ほとんどＴシャツにショートパンツ。実はショートパンツもけっこう集めてるんです（笑）」

――ショートパンツ！　また押しかけてしまうかもしれません。

「カーゴパンツから丈の違うものまで各種取り揃えてます。Ｔシャツには靴下なしのスニーカー。最近は〈スケッチャーズ〉が履きやすくてそればっかり履いています。ただ外出するときは必ずバッグの中に上からはける長いズボンと上に羽織れるシャツを持っていきます」

――というのは？

「そういうことが要求されることがありますから。ある夏、銀座の吉兆に出版社の方に招待されて、入り口でショートパンツの方はお断りですって言われて、招待されて来ているのに、僕が入れなかったらマズイじゃないですか（笑）。『いいですよ』と言って、カバンから長いズボンを出して、吉兆の玄関ではいたら、みなさん真っ青になってました」

――それは礼儀正しいとともにワイルドですね（笑）。

「これは作家の田中小実昌さんを見習ったんです。もう亡くなったけど、映画の試写会で一緒になったときなんか、田中さんを見ていたらカバンの中からシャツとズボンを取り出して入り口ではくんですよ。これはいいなぁと思ってね（笑）」

――『ポパイ』2018年8月号より。

――2020年3月東京――

今日は後日談というか、連載が終わってみてあらためて感想をとまたまいりました。

「まず1つ僕が言いたいのは、ハワイで1ドルか、1ドル99セントくらいでいろんなもの買っていると言ったでしょう？　あれが突然値上がりしまして、今では3ドル99ですよ。この連載のせいじゃないかと」

——それは大変失礼しました（笑）。

「1ドル99だと、大抵のものは買っちゃえと思って買うんだけど、3ドル99は、ものによってはちょっとオーバープライスだと思うんですよね。日本からいっぱい買いに来ているやつがいる、みたいなことじゃなければいいと思うんだけど」

——日本人はマニアですからね。今では古いバンドや映画のTシャツが人気でいろいろと探しに行ってるようですし。

「この間、『ワンス・アポン・ア・タイム・イン・ハリウッド』という映画があったじゃない。あの中でブラッド・ピットが〈チャンピオン〉のTシャツを着ていた。その昔、持っていたんですよ、すごく懐かしかった。あれ、また欲しいなと思うけど、今はヴィンテージで高いんでしょうね。タランティーノはああいうのにけっこう凝りますよね」

――高いと思います。ちょうど映画の話になりましたので村上さんにぜひ伺いたいと思っていたのが、Tシャツを着る上で、誰か憧れたり、参考にした人はいるんでしょうか？

「誰だろうね。マーロン・ブランド、かっこいいですよね。やれ方がね。ジェームズ・ディーンもいいよね、Tシャツ。『理由なき反抗』だっけ、白いTシャツだけの姿、かっこよかったですね。あとは『アメリカン・グラフィティ』で、12歳ぐらいの小さい女の子の役やった子。だらーんとしたプリントのTシャツを着て、ちょうど首元の〝やれ具合〟がなんともいえない。グンゼとかだとああいうふうにはいかないでしょう」

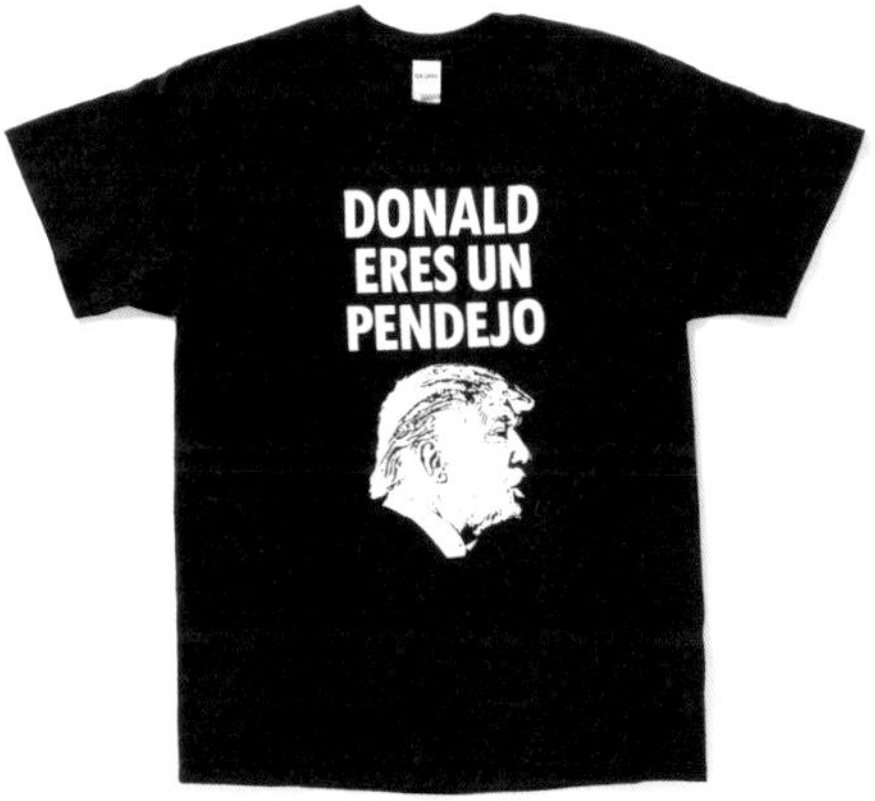

——日本製はちゃんと作ってますからね。

「とにかく昔は、そういうモデルというか、教科書的なものってアメリカ映画ぐらいしかなかったですね。例えば第2次大戦の映画なんかでも、アメリカのGIは暑いとTシャツ1枚になるじゃない？　かっこいいですよね。だから、かっこいいTシャツというよりは、結果的にTシャツ姿がかっこいいということに

T

83　上｜作家ポール・セローにもらったメキシコ製トランプT。
スペイン語で“ドナルドはアホだ”。

84　下｜ドストエフスキーだと思うんだけど、違うかも。

なっちゃうんだけど」

――お好きなジャズからのTシャツということではどうですか？

「あまりないですね。ジャズの全盛期って、黒人がすごくぱりっとした格好して演奏するというのがトレンドだったんですよ。MJQとかマイルス・デイビスもみんなすごくいいスーツ着て、

T

85　上｜いつも行くホノルルのレストラン、12th Ave GRILL。

86　下｜ハワイの老舗サーフショップ、ローカルモーション。

おしゃれなネクタイ締めて、ぱりっとした格好でやるというのがね。今はマルサリスがそれを継いでいるわけだけど。'70年代になると、いわゆるアフロみたいなものが出てきたり、Tシャツって意外にジャズとは馴染まない。チェット・ベイカーがTシャツだけのレコードがあったけど、それ以外はあまり思い浮かびません。Tシャツ文化とジャズというのはうまく繋がらなかったみ

T
87　上｜ギネスが協賛したアイルランド・ハーリング選手権のもの。
88　下｜イギリスのサーフブランド、〈SALTROCK〉から。

T

89　蜷川幸雄さんが演出してくれた舞台『海辺のカフカ』のパリ公演のＴシャツ。

たいですね。昔、黒人は差別されていたから、差別されないように『俺は成功したリッチな黒人なんだ』というメッセージを込めて、みんなぱりっとしたスーツを着ていたんですよ」

――Ｔシャツの話を最初にしたときからもう2年以上たったのですが、あれからコレクションはどんどん増えているんでしょうか？

「いや、最初に言ったように、ハワイでいつも買っていたグッドウィルが高くなってからは、もうそんなには買ってないですね。僕はいつも、この値段でこれだったら買いだけど、これはちょっとないなという、値段と相談というのがけっこう多いんですよ」

――レコードでも50ドル以上は出さないとおっしゃってましたよね。何かモノを収集する上での哲学みたいなものなんでしょうか？

「うん、そうですね、ゲームだから。ルール作らないとゲームにならないですよね？　何でもお金を出しゃいいんだろうみたいな感じになってくるとつまらないです。Ｔシャツも２００着見て、

『これは』と思うのが1着あるかないかの世界だから、そんなもの念入りにいちいち見ていたら時間かかってしょうがない。でも、それがゲームだから、一生懸命、見ますけど（笑）」

――さすがディガーです（笑）。

「グッドウィルは楽しいです。でも、最近はずいぶんと様変わりしてきました。救世軍とかもね。昔はよかったんだけど、スリフト・ショップですらだんだんと世知辛くなってきたというか」

――行きつけの古着屋じゃなくて、ちゃんとグッドウィルとかで買っているというのがすごく面白いなと思うんですけど。

「そのほうがむしろ面白いのが見つかるんですよ。日本はあまり面白いのがないですね。けっこう高いし。この前、京都のブックオフにラモーンズのTシャツがあったので、これはいいやと思って買いましたけど」

——村上さんもラモーンズとか聴いたりするんですか？

「聴きますよ。ただ、何聴いても同じリズムだから飽きちゃうんだけど。さすがにそのTシャツは着て歩けない。70歳を過ぎるとやはり限界が出てきます（笑）」

——この本では連載では紹介しきれなかったものも掲載したいと思っ

T
90　上｜ハワイでミニを買ったところ。ハワイにミニはちょうどいい。
91　下｜ワーゲンのデリバン。好きなクルマのひとつ。

T

92　右上｜ハワイで見つけたウクレレTシャツ。

93　左上｜ポーランドのクラクフにあるピンボール博物館。

94　右下｜スピードメーターを動物で表したプリント。一番速いのはチーター。

95　左下｜カウアイコーヒー。ハワイものが多いのもコレクションの特徴。

T

96　右上｜ハンバーガーには欠かせません。

97　左上｜ワーグナーのオペラの台詞モチーフ、バイロイト音楽祭に行ったときに。

98　右下｜サーフ＆スケート系はグッドウィルで手に入れたものが多い。

99　左下｜これもワーグナーのオペラの台詞。バイロイト音楽祭でしか売ってない。

ているのですが、まず驚いたのが村上さんの著作のノヴェルティーTシャツみたいなのがたくさんあることなんです。

「着れないですね（笑）。めちゃくちゃたくさんありまして、倉庫にいっぱいあります。『海辺のカフカ』のTシャツは、この間蜷川幸雄さんが演出した舞台『海辺のカフカ』をフランスでやったときにTシャツをたくさん作ったんです。これもなかなかかっこいいですよ」

――倉庫を漁りに行きたいですが、村上さんの言う着れないTシャツというのは何か確固たる基準があるのでしょうか？　エッセイの中でもこれは着れる、これは着れない、という話がいくつかありましたが、それについてはどうですか？

「あります。着れるTシャツと着れないTシャツ、しっかり分かれます。結局、僕は人目を引きたくないんですよ、はっきり言って。なるべくこそっと隠れて生きていたいと思っているんですよね。地下鉄に乗ったり、バスに乗ったり、歩いたり、書店に行

つい集まってしまったＴシャツの話と、まだまだ掲載しきれなかったＴシャツたち。

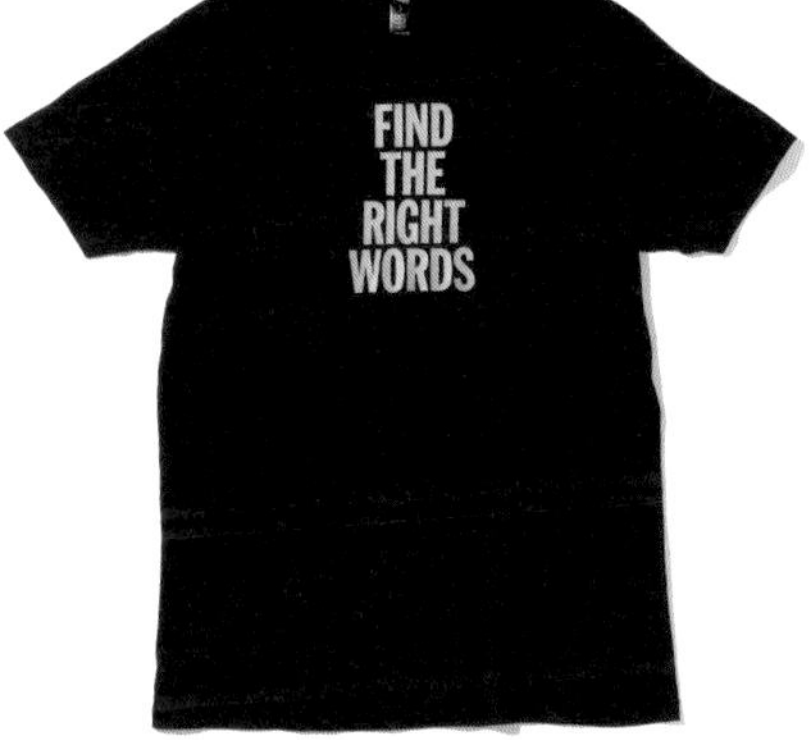

T

100　右上｜デトロイトにあるモータウン歴史博物館のミュージアムT。

101　左上｜ニュージーランドのブックフェスでもらった。このメッセージ好きです。

102　右下｜ミシュランのビバンダム。鉄板キャラクター。

103　左下｜これを着ているとかなり人目を引きますが、着れないですね。

ったり、ディスクユニオンに行ったりするじゃないですか、人目につくと困るんです。Tシャツとしてはいいと思うんだけど、人目を引いちゃうものはまずいんです、僕の場合。だから、限られます。素敵なんだけど、僕的には着られないというのはけっこうあるかな。まずメッセージTシャツは着られないですね。メッセージTシャツを着ていると、人って読むじゃないですか（笑）。

T

104　上｜DJたちにも人気なニューヨークのA-ONEレコードのもの。

105　下｜京都で見つけたラモーンズのTシャツ。

読まれると困るんだよね」

――続きまして、着られないTシャツでいうと、ウィスキーものもあったんですけど。家でもウィスキーを飲むと前伺いましたが、一番好きな銘柄は何なんですか？

「ウィスキーいいですね。何でもいいんだけど、やっぱり僕はアイラ島に行ったことがあるから、ラフロイグが一番いいですね。一番飽きない。癖があるんですが、指定しなくちゃいけないときは大体ラフロイグと言うことが多いです。近所にいいウィスキーバーができたんですよ。最近はそこでハイボール飲むのが結構気に入っていて。土日は3時半からやっていて、3時半から5時半までは3割引きなんですよ」

――ウィスキーを飲むときはやはりジャズでしょうか？　もし20歳過ぎの若い子がハイボールを飲んでジャズを聴こうと思ったら、最初は何を聴けばいいと思いますか？

「家ではジャズですね。外ではなかなかあれだけど。個人的にはビリー・ホリデイがいいと思うんだけど、若い人に受けるかどうかはわからない。ウィスキーを飲むといえば、今日はくたびれたなというときに、プロントに入って、ジムビームのハイボールをジョッキで。うらぶれていいですよ」

――村上さんが目立つTシャツ着ない理由がわかったような気がします。まさか村上さんがプロントでジムビームをジョッキで飲んでると思う人もいないと思いますが（笑）。

「着るか着ないかでいうとロックコンサートのTシャツも着ないですね。バリー・マニロウとかは、今着るとかっこいいかもしれないですけど。カーペンターズなんかもよさそうだね。ちょっと前だとダサいけれど、今着るとなかなかいいかも」

――それはそうですね。ロックTはちょっと寝かすと着れるようになるものです。

T
106　2002年ニューヨーカー・フェスティバルに出たときのノヴェルティー。

「なるほど。寝かしとけばいいんだね。ボブ・マーリーのジャパンツアーのTシャツも買っとけばよかったな。厚生年金ホールの」

――体が思わず動いてしまったと言っていたあのコンサートですね！

「トーキング・ヘッズのも欲しかったな。トム・トム・クラブも」

――ニューウェーブまで聴いていたんですか？　本当にいろんなジャンルを村上さんはお好きなんですね。

「けっこう貪欲に聴いていますね。というのは、音楽ってちょっと間をあけるとわからなくなっちゃうんですよ。3〜4年、新しいものを聴いてないと、今のものを聴いてもうまく繋がらなくなる。何を聴いても同じに聞こえるようになっちゃうんですよ。だから、それを起こさないために、わりにブランクをあけないように聴く癖がついてしまった」

――音楽でもファッションでも皆そうですね。でもその情報を村上さ

T

107　上｜僕のアメリカでの出版元クノップフ社の創立100周年記念シャツ。
ボルゾイがシンボル・マークです。

108　下｜小澤征爾さんが2019年に『カルメン』をやったときの公演Tシャツ。

んはどうやって得るんでしょうか？

「タワーレコードに行って、半日かけて、リスナーのボタンを押して試聴するんです（笑）。あれはすごくいいですよ。そうすると3〜4枚は欲しいものがある。最近はどんどん減ってきたけど。だけど、その3〜4枚をじっくり聴いていると、そうか、こういう音楽が今、感覚的に新しくなっているのか？　とだいたいわかります」

――ほんとうにそうですね。ここにある200枚近くのTシャツの中でお気に入りというか、思い入れのあるものはどれでしょうか？

「これかな。〝TONY〟TAKITANIと書いてあるこのTシャツ（まえがきに掲載されたTシャツ）を買って、『トニー滝谷』という短編小説を書いたんです」

――これノヴェルティーじゃないんですね！　こっちが先なんですか？

「このTシャツを買って、トニー滝谷ってどんな人だろう？

と思い、いろいろ勝手に想像して、それが小説になったんです。だからこれは記念すべきものですね。ＨＯＵＳＥＤと書いてあるじゃない？　意味がわからなかったんですが、後で聞いたら、選挙用のＴシャツだったんですよ。ＨＯＵＳＥは下院、Ｄはデモクラット。ハワイ州下院議員の民主党の候補だったんです、トニー滝谷という人は。小説が出版され、英語に翻訳されて、その滝谷さんが、『私がトニー滝谷です』と手紙をくれました。彼はそのときは落選したそうです。でも今は弁護士として成功していて、今度一緒にゴルフやらないかと言われたけど、僕はゴルフやらないからね（笑）」

——それは興味深い話ですね、一枚のＴシャツから小説が生まれるというのは。

「マウイをドライブしているときに、小さなスリフト・ショップで見つけて買ったんですよ。１ドルくらいで。謎だったんだけれど、小説を書いたおかげで謎が解けたし、映画にまでなった」

――Tシャツ万歳ですね。最後に村上さんは、ずっとこの先もTシャツを着ていくと思うんですが、年を重ねながらのTシャツとのつき合い方ってあると思いますか？　僕はいつか就職したらTシャツなんか卒業というか、大人は着ないものだと思っていたのに、未だにTシャツ以外は着てないんですけど。

「年齢はあまり関係ないんじゃないかな。今も昔もたらたらと同じようなものを着て生きています。たまに襟付きのシャツを着てくると、『何かあったんですか？』って事務所でアシスタントに聞かれたりします（笑）。今日はなぜかちゃんとしたシャツを着ているけど。シャツの下のTシャツは、しばらく前に吉本ばななさんにもらったTシャツです（と言ってシャツをめくってTシャツを見せてくれた）。これ、なかなかいいんですよ。ハワイのラニカイのTシャツ」

――そのTシャツもいい味が出ていていいですね。まだ撮影していないです（笑）。

「僕がハワイ大学にいるときに、大学にオフィスを持っていたんです。週に1回、誰でも来ていい、オフィスアワーってあるじゃない？　そうしたら突然ばななさんが訪ねてきて、お土産ですと言われてもらったもので、なかなか着やすいのでよく着ています」

――いいですね、ずっと着れて、やっぱりＴシャツというのは。

「Ｔシャツがこれだけあれば、夏が来ると、着るものには不自由しないよね。毎日替えたって、ひと夏中、重ならないで暮らせるんじゃないかな。作家ってラクでいいですよね」

この本は『ポパイ』二〇一八年八月号〜
二〇二〇年一月号に連載されたエッセイを
書籍化に伴い加筆、修正したものに、
インタビューをあらたに加えたものです。

表紙写真　戎 康友
写真　戎 康友、中島慶子
ブックデザイン　鈴木成一デザイン室
インタビュー　野村訓市
編集　古谷昭弘

村上T
僕の愛したTシャツたち

二〇二〇年六月四日　第一刷発行
二〇二〇年七月七日　第三刷発行

著者　村上春樹
発行者　鉄尾周一
発行所　株式会社マガジンハウス
〒一〇四-八〇〇三 東京都中央区銀座三-一三-一〇
ポパイ編集部 〇三-三五四五-七一六〇
受注センター 〇四九-二七五-一八一一
印刷・製本　大日本印刷株式会社

ISBN978-4-8387-3107-7 C0095